Once Upon a Time
Había una vez

Once Upon a Time

Traditional Latin American Tales

Había una vez

Cuentos tradicionales latinoamericanos

By Rueben Martínez

Illustrated by Raúl Colón

Translated by David Unger

rayo

An Imprint of HarperCollinsPublishers

Rayo is an imprint of HarperCollins Publishers.
Once Upon a Time/Había una vez
Text copyright © 2010 by Rueben Martínez
Translation copyright © 2010 by HarperCollins Publishers
Illustrations copyright © 2010 by Raúl Colón
Manufactured in China.
Raúl Colón created the full-color illustrations using watercolor,
Prismacolor pencils, and scratching on watercolor paper.

Library of Congress Cataloging-in-Publication Data is available.
ISBN 978-0-06-146895-7 (trade bdg.)

Typography by Jeanne L. Hogle
16 17 18 19 20 SCP 10 9 8 7

First Edition

To the true artists whose hard work made it possible:
Raúl Colón, Adriana Domínguez, Maria Gomez,
Jeanne Hogle, Kevan Lyon, Andrea Montejo,
and David Unger.
And to my children and grandchildren and all children
who are preparing for this country's future.
—R.M.

A los verdaderos artistas, cuyo trabajo hizo
que todo esto fuera posible:
Raúl Colón, Adriana Domínguez, Maria Gomez,
Jeanne Hogle, Kevan Lyon, Andrea Montejo
y David Unger.
Y a mis hijos y nietos y a todos los niños que se están
preparando para el futuro de este país.
—R.M.

For Lil' Harrison— It's your time now.
—R.C.

Para Lil' Harrison— Ahora te toca a ti.
—R.C.

#

Índice

Dear Reader:

When I was growing up, books opened the world to me and I decided to spread the word about the importance of reading to as many people as possible. Later, I opened a bookstore that specialized in bringing attention to Latino literature. It has always been a special excitement to me to connect a reader with a story that can make a difference. The stories in this collection are dear to my heart—they are tales that all children will love, which is why they are presented in a bilingual format.

As you read these tales to a child, I hope that you'll take the opportunity to talk about the characters and the feelings that the stories evoke. Take some time to look at the beautiful pictures by Raúl Colón and enjoy them together. For your information, I've included a note about the origin of each story. I hope you'll find pleasure in sharing these traditional tales with your loved ones.

Happy reading,

Rueben Martinez

Estimado lector:

Durante mi infancia, los libros me abrieron al mundo y a partir de ese momento he querido compartir la importancia de la lectura con la mayor cantidad de personas posible. Más adelante abrí una librería especializada en destacar y promover la literatura latina. A mí siempre me ha causado una inmensa ilusión el poder conectar a un lector con una historia que tiene el poder de transformar a las personas. Las historias de esta colección son muy especiales para mí, son historias que fascinarán a cualquier niño y es por eso que aparecen aquí en formato bilingüe.

Cuando le leas estos cuentos a un niño, espero que aproveches la oportunidad para hablarle de los personajes y de los sentimientos que se evocan. Tomen tiempo para observar las bellas ilustraciones de Raúl Colón y disfrútenlas juntos. Al final de cada cuento he incluido una nota sobre el origen de cada historia, espero que te deleites al compartir estos cuentos tradicionales con tus seres queridos.

Feliz lectura,

Rueben Martínez

The Wedding Rooster

Once upon a time, there was a beautiful rooster who lived on a farm not too far from town. Every morning he would wake up very early to brush his crest, smooth out his feathers, and polish his beak until it

El gallo de bodas

Había una vez un gallo muy bello que vivía en un rancho no muy lejos de la ciudad. Todas las mañanas se levantaba muy temprano para peinarse la cresta, pulirse las plumas y brillarse el pico hasta que relucía como el mismo sol. Una mañana,

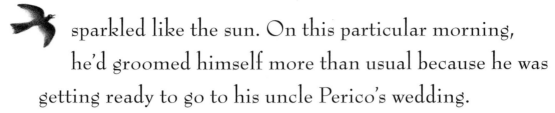

sparkled like the sun. On this particular morning,
he'd groomed himself more than usual because he was
getting ready to go to his uncle Perico's wedding.

When he strutted out of his pen, elegant as a king, the
hens looked him over and cried, "My, how handsome he
is! He's so good-looking!"

Pleased to have gained such admiration, the rooster
set off to the wedding. He hummed as he went along,
happy and content, until he spotted a kernel of corn
on top of a heap of mud. Tempted, the rooster came to
a halt. But he didn't want to get himself dirty. "What
should I do?" he wondered. "If I don't peck at it, I'll
lose the kernel of corn, but if I do peck at it, I will get
my beak dirty and won't be able to go to Uncle Perico's
wedding. What should I do? To peck, or not to peck?"

The little kernel of corn looked so very sweet that
the rooster decided to peck it and ended up dirtying his
beak. Upset, he strutted over to the side of the road and
without even bothering to greet the grass growing there,
said, "Grass, help me clean up. I can't go to my uncle
Perico's wedding with a dirty beak."

"I don't want to help you," the grass answered.

el gallito se aseaba más de lo habitual, pues se
preparaba para ir a la boda de su tío Perico.

Por fin salió del corral, elegante como un rey.

—¡Mira qué guapo! ¡Qué buen mozo se ve!
—exclamaron las gallinas al verlo pasar.

Orgulloso de inspirar tanta admiración, el gallo
emprendió su camino a la boda de su tío Perico. Iba feliz
y contento, tarareando su cantar, cuando de repente notó
una pila de lodo en medio de la cual se encontraba un
granito de maíz. Al verlo, el gallo se detuvo. Se sentía
tentado de probar el maíz, pero no se quería ensuciar
con el lodo. "¿Qué hago?", pensó. "Si no pico, pierdo
el granito y si pico me ensucio el pico y no podré ir a la
boda de mi tío Perico. ¿Qué hago? ¿Pico o no pico?".

El granito de maíz se veía tan, pero tan rico, que el
gallo decidió picar y se ensució el pico. Preocupado, fue
hasta donde estaba la hierba al borde del camino.

—Hierba, límpiame el pico que así de sucio no puedo
ir a la boda de mi tío Perico —pidió el gallo, sin tomarse
siquiera la molestia de saludar a la hierba.

—No quiero —respondió la hierba con desprecio.

Molesto por la respuesta de la hierba, el gallo siguió

Upset by the grass's answer, the rooster kept on walking until he met a goat. He pleaded in his gentlest voice, "Goat, please eat the grass that doesn't want to clean my beak, so I can go to my uncle Perico's wedding."

"I don't want to," the goat answered.

The rooster continued on his way until he found a stick on the side of the road and said, "Stick, hit the goat that doesn't want to eat the grass, that doesn't want to clean my beak, so I can go to my uncle Perico's wedding."

"I don't want to," the stick answered.

The rooster continued on his way until he came upon a fire. *Surely he will help me*, thought the rooster.

"Fire, burn the stick that doesn't want to hit the goat, that doesn't want to eat the grass, that doesn't want to clean my beak, so I can go to my uncle Perico's wedding," he said.

"I don't want to," the fire answered.

Furious, the rooster turned around and continued on his way until he came upon a large stream of crystal-clear water. "Water, please put out the fire that doesn't want to burn the stick, that doesn't want to hit the goat, that doesn't want to eat the grass, that doesn't want to clean

caminando hasta que se encontró con un chivo.

—Chivo —dijo el gallo con voz más gentil—,
cómete la hierba, que no quiere limpiarme el pico para que
peuda ir a la boda de mi tío Perico.

—No quiero —respondió el chivo.

El gallo, decididamente enojado, siguió su camino
hasta que se encontró un palo tirado al borde del camino.

—Palo— dijo el gallo—, pégale al chivo, que no
quiere comerse la hierba, que no quiere limpiarme el pico
para que pueda ir a la boda de mi tío Perico.

—No quiero —respondió el palo.

El gallo, que ya estaba comenzando a perder la
paciencia, caminó otro poco hasta que se encontró con el
fuego. «Este sí podrá ayudarme», pensó.

—Fuego —pidió el gallo—, quema al palo, que no
quiere pegarle al chivo, que no quiere comerse la hierba,
que no quiere limpiarme el pico para que pueda ir a la
boda de mi tío Perico.

—No quiero —respondió tranquilamente el fuego y
siguió crujiendo.

Furioso, el gallo se dio la vuelta y siguió caminando hasta
que se encontró con una gran fuente de agua cristalina.

my beak, so I can go to my uncle Perico's wedding," he said.

But the water answered, "I don't want to."

The rooster was very angry now. He couldn't understand why nobody wanted to do what he asked them to. He lifted his eyes to the sky and glanced at his good friend the Sun, whom he admired every single morning, and asked, "Sun, please dry up the water that doesn't want to put out the fire, that doesn't want to burn the stick, that doesn't want to hit the goat, that doesn't want to eat the grass, that doesn't want to clean my beak, so I can go to my uncle Perico's wedding.

Pleased to be of help to his friend the rooster, the Sun replied, "Of course!"

At that very moment the water nervously said, "Excuse me, I'll put out the fire."

And the fire said, "Excuse me, I'll burn the stick."

And the stick said, "I'll hit the goat."

And the goat said, "I'll eat the grass."

And the grass said, "I'll clean your beak."

And that's how the grass cleaned the rooster's beak and he was finally able to attend his uncle Perico's wedding.

—Agua —dijo el gallo—, apaga el fuego, que no quiere quemar al palo, que no quiere pegarle al chivo, que no quiere comerse la hierba, que no quiere limpiarme el pico para que pueda ir a la boda de mi tío Perico.

—No quiero —respondió el agua y siguió fluyendo tranquilamente.

Entonces, ya desesperado y sin entender la razón de tanto desplante, el gallo levantó la mirada al cielo donde encontró a su buen amigo el sol, a quien admiraba todas las mañanas.

—Sol —pidió el gallo—, seca el agua, que no quiere apagar el fuego, que no quiere quemar al palo, que no quiere pegarle al chivo, que no quiere comerse la hierba, que no quiere limpiarme el pico para que pueda ir a la boda de mi tío Perico.

—¡Por supuesto que lo haré! —respondió el sol, contento de poder ayudar a su amigo el gallo.

Entonces el agua se puso nerviosa.

—Perdón, yo apagaré el fuego —dijo el agua con miedo.

—Perdón, yo quemaré al palo —dijo el fuego.

—Yo le pegaré al chivo —dijo el palo.

The rooster was so grateful for the help that every morning since that day—just as soon as the first rays of the sun appear on the horizon—the rooster happily greets his friend with a "Cock-a-doodle-doo!"

Although similar tales can be found in Europe, especially in Spain (the source of so many Latin American folktales), "The Wedding Rooster" originates in the beautiful island of Cuba and is very popular throughout the Caribbean. The rooster is a very important animal in the countryside, since he is in charge of waking everyone to go to work or school. This may explain why roosters are so vain and, like the one in this amusing story, sometimes even a little bossy.

—Yo comeré la hierba —dijo el chivo.

—Yo te limpiaré el pico —dijo la hierba.

Y así fue como la hierba le limpió el pico al gallo quien pudo por fin asistir a la boda de su tío Perico.

Se dice que el gallo quedó tan agradecido por la ayuda de su amigo el sol, que desde entonces todas las mañanas apenas comienzan a asomar sus primeros rayos por el horizonte, el gallo lo saluda con su alegre ¡Quiquiriquí!

Aunque existen variaciones similares de este cuento que vienen de Europa y en particular de España (la fuente de muchos de nuestros cuentos latinoamericanos), "El gallo de bodas" es un cuento originario de la bella isla de Cuba y que se ha hecho popular en todo el Caribe. En el campo, el gallo es un animal muy importante pues se encarga de despertar a todos para ir al trabajo o a la escuela. Por eso, los gallos a veces son demasiado vanidosos y hasta un poco mandones, como lo es el de esta divertida historia.

The Tlacuache and the Coyote

Once upon a time, a coyote was wandering through the countryside, when all of a sudden he met a tlacuache lying on his back with his feet propped against a huge rock that was sticking out of a mountain. The rock seemed to be floating in midair.

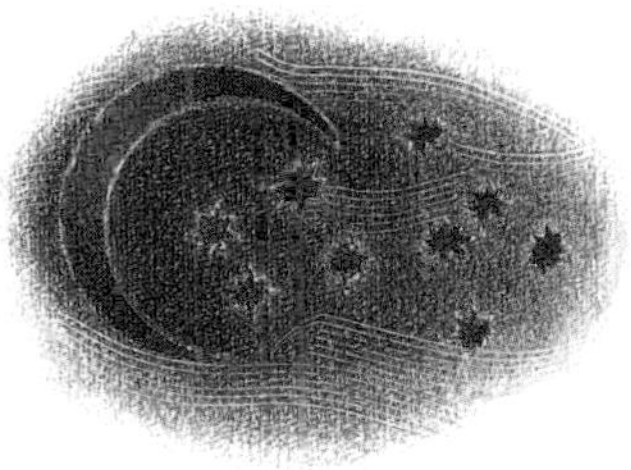

El tlacuache y el coyote

Había una vez un coyote que andaba de paseo por el campo cuando, de repente, se encontró con el tlacuache que estaba acostado con la espalda en el suelo y los pies apoyados contra una enorme piedra que salía de un monte. La piedra parecía

The coyote had known the tlacuache for a very long time, and he remembered all the wicked tricks the tlacuache had played on him whenever they met. So this time the coyote decided to surprise the tlacuache and take the chance to avenge himself. He walked right up to the relaxed tlacuache and said in his fiercest voice, "You are not going to escape from me this time, you scoundrel! I'm going to eat you up!"

Without batting an eyelash, the tlacuache answered, "Can't you see that I am doing something important? I'm holding up the sky with my paws! As you can see, the sky is propped up by this rock. If you were to gobble me up right now, the rock would fall and the sky would come crashing down on our heads, killing us both. Instead of eating me, why don't you help me? Here, take my place and I'll find something else to hold up the rock—this way neither of us will have to do it."

Terrified by the idea that the world could come crashing down at any moment, the coyote accepted the tlacuache's offer. As soon as the coyote was lying down with his feet against the rock, the tlacuache smiled wickedly and ran off. "I'll be right back, my friend!" he

suspendida en el aire.

El coyote, que ya conocía al tlacuache desde hacía mucho tiempo, recordó todas las maldades que éste le había hecho cada vez que se habían visto. Entonces decidió sorprenderlo y no perderse la oportunidad de vengarse. Se acercó al tranquilo tlacuache.

—¡Ahora sí que no te me escapas, sinvergüenza! —dijo el coyote en el tono más feroz que pudo—. ¡Te voy a comer!

El tlacuache no se inmutó ni un pelo.

—Pero, ¿no te das cuenta que estoy haciendo algo muy importante aquí? —respondió el tlacuache— ¡Estoy sosteniendo el cielo con mis patas! Como puedes ver, todo el cielo está apoyado sobre esta piedra. Si me comes ahora, la piedra se caerá y el cielo se desplomará sobre nuestras cabezas, matándonos a todos. En lugar de comerme, ¿por qué no me ayudas? Si tú te quedas aquí, yo podré ir a buscar algo con qué sostener la piedra, así no tendremos que hacerlo nosotros mismos.

Aterrado al oír que el mundo se podía venir abajo en cualquier momento, el coyote aceptó la propuesta del tlacuache. Tan pronto como el coyote se acomodó con las

shouted. "Remember, don't even move a whisker or else the sky could come crashing down!"

Lots of time passed before the coyote started wondering why the tlacuache hadn't returned, and he was afraid to take his feet off the rock. He continued waiting for a few hours longer, until the sun started to go down and he could hardly bear the pain in his legs anymore. He looked around to see if he could find someone to help him, but saw no one. Desperate, he finally decided to stand up and let the world come crashing down.

To his surprise, when he let go of the rock . . . nothing happened! Everything stayed in its place, and the sky did not fall down. Seething in anger, the coyote realized that the tlacuache had fooled him once again. So he hurried off to find him, angrier than ever.

It was already dark when he finally found the tlacuache standing on the edge of a cliff. The stars had begun to come out above the horizon, and the coyote could barely see the silhouette of his tormentor in the light of a full moon. The tlacuache was busily eating an enormous pumpkin. As soon as he saw the coyote, he threw himself on the ground, pretending he was dead. He

patas contra la roca, el tlacuache sonrió con malicia.

—¡Ya vuelvo amigo! —dijo el tlacuache a la vez que salía corriendo—. ¡No te vayas a apartar ni un segundo! ¡Recuerda que el cielo se nos puede venir abajo!

Después de un largo rato, el coyote comenzó a preguntarse por qué el tlacuache no regresaba, pero no se atrevía a apartarse de la piedra. Siguió esperando durante varias horas, hasta que comenzó a bajar el sol y ya no pudo aguantar más el dolor en las piernas. Buscó a su alrededor para ver si había algún otro animal que pudiera ayudarlo, pero no encontró a nadie. Desesperado, por fin decidió levantarse y dejar que el mundo se derrumbara.

Sin embargo, para su gran sorpresa, cuando soltó la piedra . . . ¡no pasó nada! Todo siguió en su mismo lugar y el cielo no se cayó. Hirviendo de la ira, el coyote se dio cuenta que el tlacuache lo había engañado una vez más y salió corriendo a buscarlo con más ganas que nunca.

Cuando por fin lo encontró en la cima de un acantilado, ya había oscurecido. Las estrellas comenzaban a brillar en el horizonte y el coyote apenas podía distinguir la silueta de su atormentador a la luz de la luna llena. El tlacuache estaba muy ocupado

stayed perfectly still, with his tongue sticking out and his eyes blank.

But the coyote wasn't a bit deceived. "Stop fooling around, tlacuache. I know all your tricks. This time you won't get away from me," he said.

"My friend—why are you so angry at me?" the tlacuache replied, realizing there was no reason to go on pretending he was dead. "Don't you see that I'm here working for both of us?"

"I don't believe a single word you say, tlacuache," the coyote answered.

"But it's true. See, they're selling some delicious cheese in that house down below. I'm counting my money here to see how many pieces of cheese we can buy," he answered, pointing to the pumpkin seeds. "Why don't you help me count them? The sooner we finish counting, the sooner we can go eat."

The poor coyote was very hungry after having spent the whole day holding up the sky. He couldn't resist the idea of eating delicious cheese. He sat down next to the tlacuache to help him count the pumpkin seeds. After a while, the coyote excitedly said, "I think we've got more

comiéndose una enorme calabaza. Al ver llegar al coyote, por un instante fingió estar muerto, tirándose al suelo y quedándose inmóvil con la lengua afuera y los ojos en blanco. Pero el coyote no se dejó engañar.

—¡Déjate de tonterías, tlacuache, que yo ya te conozco! —exclamó el coyote—. Esta vez no te me escaparás.

—¡Pero amigo! ¿Por qué tanta rabia? —le respondió el tlacuache, dándose cuenta que de nada le servía hacerse el muerto—. ¿No te das cuenta que aquí estoy trabajando para los dos?

—No te creo una palabra de lo que dices, tlacuache . . . —respondió el coyote.

—¡Pero si es cierto! Verás, en esa casa que está allá abajo venden unos quesos deliciosos —exclamó el tlacuache. Señalando las semillas de la calabaza que se estaba comiendo continúo—: Yo estoy contando este dinero para ver cuántos quesos podemos comprar. ¿Por qué no me ayudas a contarlo? Entre más pronto terminemos de contar, más pronto comeremos.

El pobre coyote que andaba muerto de hambre por haberse pasado el día entero sosteniendo el cielo, no pudo resistir la tentación de probar el delicioso queso.

than enough money for the cheese! But how will we get to that house?"

"Easily, my friend!" the tlacuache answered. "All we need to do is to take a running leap from the edge of this cliff and whoosh! In a matter of seconds we'll be down there surrounded by all that heavenly cheese!"

The coyote wavered for a second, but his stomach twisted with hunger. Since the tlacuache was as persuasive as ever, the coyote replied, "All right! But I know that you're capable of tricking me just to get rid of me, so we should jump together at once, agreed?"

The tlacuache nodded, but while the coyote gathered up the seeds, imagining the creamy cheeses he would soon be eating, the crafty tlacuache used the opportunity to tie his own tail to a nearby rock without being seen.

Then they both went right up to the edge of the cliff. The coyote counted, "One, two, three, jump!" and the tlacuache jumped. But he didn't move an inch because his tail was securely tied to the rock. The coyote, on the other hand, flew so high into the air that he completely disappeared from sight.

And that is how the tlacuache finally got rid of the

Se sentó junto al tlacuache para ayudarle a contar las semillas de calabaza. Pasó un buen rato de estar contando semillas.

—¡Parece que tenemos bastante dinero! —dijo el coyote con gran ilusión—. ¿Pero cómo haremos para llegar hasta la casa?

—¡Pues muy fácil, amigo! —le respondió el tlacuache—. Lo único que tendremos que hacer es pegar un gran salto desde el borde del acantilado y ¡ya! En cuestión de unos segundos estaremos allá abajo rodeados de ese paraíso de queso.

El coyote dudó un instante, pero el estómago se le retorcía del hambre.

—¡Está bien! —anunció el coyote al ver al tlacuache tan convencido—. Pero cuando saltemos, hagámoslo los dos al mismo tiempo. Yo te conozco bien y sé que eres capaz de cualquier trampa con tal de librarte de mí.

El tlacuache asintió, y mientras el coyote recogía todas las semillas, soñando con los cremosos quesos que se comería dentro de poco, el pícaro tlacuache aprovechó para amarrarse la cola a una piedra cercana sin que el coyote se diera cuenta.

poor coyote. Some people believe that the coyote jumped all the way to the moon and can sometimes be seen there when the moon is full, howling and feeling sorry for himself for being so hungry and for having allowed himself to be tricked once more by the tlacuache.

The tlacuache is a small gray animal that is found throughout the American continent. Although "tlacuache" refers to a particular species that lives in Mexico, it is also known as weasel, zarigüeya, chucha, cuica, and opossum in other parts of Latin America. One of the most curious features of the tlacuache is that—as in this story—when he feels he's in trouble, he often throws himself on the ground and pretends he's dead. The tlacuache is one of the creatures best adapted to living near humans, which may explain why he plays a role in so many Native American stories and myths.

Los dos se pararon al borde del acantilado. —Uno . . . dos . . . tres . . . ¡ya!—dijo el coyote y los dos saltaron, pero el tlacuache no se movió ni un centímetro pues tenía su cola bien amarrada a la piedra. El coyote, sin embargo, pegó un gran brinco que lo hizo volar por los aires hasta desaparecer por completo.

Y así fue como el tlacuache se deshizo por fin del desdichado coyote. Algunos dicen que el coyote saltó hasta la luna y que todavía se le puede ver ahí en noche de luna llena, aullando y lamentándose del hambre que tiene, y furioso por haberse dejado engañar una vez más por el incorregible tlacuache.

El tlacuache es un animalito pequeño, de color gris que existe en todo el continente americano. Aunque el nombre "tlacuache" se refiere en particular a la especie que habita en México, también es conocido como zarigüeya, comadreja, chucha, cuica y oposum en otras partes de América. Una de las particularidades más sorprendentes del tlacuache es que, tal como en el cuento, suele tirarse al suelo y hacerse el muerto cuando se ve amenazado. Es uno de los animales que mejor se adapta a la vida cerca de los hombres; quizás sea por eso que ha protagonizado tantos relatos y mitos indígenas.

The Mother of the Jungle

Once upon a time, a peasant named Sebastian was walking through the jungle with his dog Sancho at his side. Suddenly, they met up with a huge, bearded man they had never seen before. Though the dog didn't seem to like him very much, Sebastian

La Madreselva

Había una vez un campesino llamado Sebastián que iba caminando por la selva con su perro Sancho. De pronto, se encontraron con un hombre grande y barbudo que nunca habían visto antes. El hombre parecía ocupado y aunque a Sancho no

greeted him and asked him what he was doing.

"I'm chopping down trees to bring wood into town," the man answered. He pointed to a treeless spot in the jungle. "Do you see that clearing over there?" he asked. "I cut those trees down last month and now I am a rich man."

Sebastian understood the jungle and knew that what the man was doing was wrong—when Nature is attacked, she usually defends herself. But he decided to say nothing and continued peacefully on his way.

When he reached the river that he visited every day to get water for his crops, Sebastian was surprised to find it dry. He realized right away that what the bearded man was doing to the jungle was far more serious than he had thought. He remembered that when there are no trees nearby, the rivers stop receiving rain and dry up. Worried, he went back home, hoping it would rain the following day so that he would find water again.

That night, a strange noise from the jungle woke him up. At first he thought he was having a nightmare, but when he heard Sancho barking outside, he knew it was real.

Sebastian dressed quickly and ran through the brush, chasing after his dog. When he reached Sancho, he was

parecía gustarle demasiado, Sebastián lo saludó y le preguntó qué hacía.

—Estoy talando árboles para llevarme la madera a la ciudad —le respondió el hombre. Luego, mostrándole a Sebastián un lugar de la selva donde no había más árboles, dijo—: ¿Ves ese claro, allí? Esos me los llevé el mes pasado y me hicieron rico.

Sebastián conocía la selva y sabía que lo que estaba haciendo el hombre no estaba bien: cuando se le hace daño a la naturaleza, ella se defiende. Sin embargo decidió no decir nada y seguir tranquilamente por su camino. Pero al llegar a la quebrada donde iba a buscar agua todos los días para regar sus cultivos, Sebastián se sorprendió al encontrar que estaba seca. De inmediato comprendió que lo que el hombre barbudo estaba haciendo en el bosque era más grave de lo que había pensado. Recordó que cuando no hay árboles rodeándolas, las quebradas dejan de recibir agua y se secan. Muy preocupado, regresó a su casa con la esperanza de que al día siguiente lloviera para que volviera a haber agua.

Esa noche, un ruido extraño que venía de la selva despertó a Sebastián. Pensó que quizás era un sueño, pero supo que no lo era cuando sintió los ladridos de Sancho

standing at the same clearing where the bearded man
had been chopping trees. But Sebastian noticed that
something was wrong. A murky, yellowish light seemed
to emerge from the ground, making the trees glow in a
strange way. The bearded man stood at the center of the
light, so frightened that he couldn't speak. Before him
stood a very pale woman with extremely long hair, who
seemed to be coming right out of the ground, with leaves
and twigs clinging to her body.

In a split second the mysterious woman seized the
bearded man, and he vanished inside her garments of
lights and shadows. Wrapping him up in leaves and
branches, the woman lifted him off the ground and spun
around with him like a twister. Nothing could be seen
but a swirl of colors and objects spinning fiercely. The
man let out a bloodcurdling scream, and the entire jungle
came to a standstill. The light slowly disappeared until it
was completely gone, and a strong thump was heard, as if
something had fallen to the ground.

Sebastian and Sancho drew near and found the man
on his knees, shaking fearfully. When he finally came to
his senses, Sebastian asked him what had happened.

fuera de la casa.

Sebastián se vistió rápido y salió corriendo
por entre los matorrales detrás del perro. Cuando lo
alcanzó, Sancho ya estaba en el claro donde habían visto
al barbudo talando árboles. Sebastián notó que había
algo raro. Del suelo parecía salir una luz turbia, como
amarillenta, que hacía relucir los árboles de una manera
extraña. De pie en el centro de la luz se encontraba el
hombre barbudo, mudo de terror, y frente a él la gran
silueta de una mujer muy pálida y de cabello muy largo
que parecía estar saliendo del mismo suelo por todas las
hojas y palos que le cubrían el cuerpo.

En cuestión de segundos la misteriosa mujer atrapó
al hombre y lo hizo desaparecer entre sus ropas de luz y
sombra. Envolviéndolo entre hojas y ramas, la mujer alzó
al hombre del suelo girando como un torbellino. No se
veía más que una mezcla de colores y objetos agitándose
furiosamente. El hombre lanzó un grito desgarrador y de
repente, toda la selva se congeló por un instante. La luz
fue borrándose hasta desaparecer por completo, y se oyó
un fuerte golpe, como de algo que cayera al suelo.

Sebastián y Sancho se acercaron un poco más y

"She told me I was hurting her," he said, stuttering.

Without saying another word, the man slowly stood up and walked away until he disappeared into the jungle darkness.

When Sebastian and his dog walked through the clearing early the next day, Sebastian could see that the bearded man had picked up his tools and gone off, probably back to town. Sebastian smiled to himself when he glanced at the spot where the man had been chopping down trees. He knew at once what had happened: the Mother of the Jungle had come to defend the jungle from those who threatened it.

Also known as the Madremonte, the Patasola, and the Marimonda, this mythic woman originated in Colombia, though her fame spread to other countries, including Venezuela, Brazil, Paraguay, and Argentina. The Madreselva reminds us of the importance of taking care of Nature, and of learning to live in harmony with her.

encontraron al hombre arrodillado en el suelo, tiritando del miedo. Una vez que el hombre logró recobrar sus sentidos, Sebastián le preguntó lo que había sucedido.

—Me dijo que la estaba lastimando —tartamudeó el hombre con dificultad.

Y sin decir más, el hombre se levantó lentamente y se fue caminando hasta que desapareció en la oscuridad de la selva.

Al otro día muy temprano cuando Sebastián y Sancho pasaron de nuevo por el claro, Sebastián se dio cuenta de que el hombre barbudo había recogido todas sus cosas y se había marchado. Probablemente había regresado a la ciudad. Sebastián sonrió en silencio pues en ese instante, al ver el sitio donde se hallaban los árboles que el hombre había talado, comprendió lo que había sucedido: la Madreselva había venido a defender la selva de quienes la acechaban.

Conocida también como la Madremonte, la Patasola y la Marimonda, esta figura mítica es originaria de Colombia pero su espíritu se ha expandido por otros países como Venezuela, Brasil, Paraguay y Argentina. La Madreselva nos recuerda lo importante que es cuidar la naturaleza y aprender a vivir en armonía con ella.

Martina the Cockroach and Pérez the Mouse

Once upon a time, there was a very pretty little roach named Martina. She was very sweet, and all her neighbors loved her very much because she was always happy and in a good mood.

One day, Martina was going to the market when she 🐦

La cucarachita Martina y el ratón Pérez

Había una vez una cucarachita muy bonita que se llamaba Martina. Era muy coqueta, y todos sus vecinos la querían mucho porque siempre estaba feliz y dichosa.

Un día, la cucarachita Martina iba para el mercado 🐦

found a gold coin on the road. She was so excited that she almost tripped and fell on her face right then and there, but luckily she was able to keep her balance. She picked up the coin and continued on her way to the market.

"What am I going to buy with this pretty coin?" she asked herself.

She considered buying sweets but then changed her mind, saying, "I'll just end up with a tummy ache and nothing to show for it." Then she thought of buying a lipstick. After mulling this over a little, she decided against it. "Red is not a good color for me," she said. Besides, once I use it, it will be gone. I should buy something I can wear."

So when Martina finished shopping, she went into a store and tried on all kinds of outfits. First she put on a yellow dress with red polka dots, but she didn't like how she looked in it. Then she put on a pair of gold earrings. Though she liked them, they were too expensive. After turning the store upside down, she finally found a yellow hat that fit her perfectly.

When she got home, Martina showered and brushed

cuando se encontró una moneda de oro en el
camino. Su ilusión fue tal que casi se tropieza y se
cae de cabeza en la calle pero por fortuna logró mantener
el equilibrio. Recogió la moneda y mientras seguía su
camino hacia el mercado se preguntó: "¿Qué me voy a
comprar con esta bella monedita?".

Primero pensó en comprarse unos dulces, pero luego
cambió de parecer. "Sólo me harán doler la barriga, y
no me quedará nada". Entonces pensó en comprarse
un pintalabios. Pero después de considerarlo un rato
le pareció que mejor no. "El rojo no me queda bien, y
además cuando se acabe no me quedará nada. Mejor será
comprar algo que me pueda poner."

Así que cuando Martina terminó de hacer sus compras
en el mercado, se dirigió a una tienda donde se probó
todo tipo de trajes. Primero fue un vestido amarillo de
puntos rojos, pero no le gustó como le quedaba el color.
Luego se probó unos pendientes de oro, y aunque le
gustaron, le parecieron muy caros. Finalmente, después
de poner patas arriba la tienda, encontró un sombrero
amarillo que le quedó a la perfección.

En cuanto llegó a su casa, Martina se bañó, se peinó y

her hair. She powdered her nose and put a bit of rouge on her cheeks just as her mother had taught her. She then put on her fanciest dress, high-heeled shoes, and finally her beautiful new hat.

She walked out into the garden and sat in the sun.

She had been sitting there for just a few minutes when Señor Cat walked by.

"Hi, Martina. You sure are looking pretty today! Did you know that there's a dance in town tonight?" he asked.

"No, I didn't, Señor Cat. I'm sure it'll be lots of fun."

"Of course, it will! Everyone's going. Would you like to go with me?"

"Actually, I'm not sure, Señor Cat. It all depends— how would you sing to me while we dance?"

"Well, I'd sing the only way I know how," Señor Cat said very proudly. "Meow, meow, meow, meoooooooow!"

"Oh no, Señor Cat! Your meowing makes my antennae stand on end. I'd better not go to the dance with you."

When he heard this, Señor Cat walked away sadly because he was not able to win over the pretty little roach.

A few minutes later another neighbor, Señor Dog,

tal como su madre le había enseñado, se empolvó la nariz y se puso un poquito de rubor en las mejillas. Luego se puso su mejor vestido, sus zapatos de tacón alto y finalmente su bellísimo sombrero nuevo. Salió a sentarse en su jardín a tomar el sol.

Llevaba tan sólo unos minutos en esas cuando pasó por enfrente el señor Gato.

—Hola, Martina —dijo el señor Gato—, ¡qué bonita estás hoy! ¿Sabías que esta noche hay un baile en el pueblo?

—Pues fíjese usted que no lo sabía, señor Gato —respondió Martina—. Seguro que será muy divertido.

—¡Por supuesto que sí! Irá todo el mundo —dijo el señor Gato—. ¿Te gustaría ir conmigo?

—La verdad es que no lo sé, señor Gato, todo depende . . . —dijo Martina indecisa— ¿cómo me cantaría usted mientras bailamos?

—Pues te cantaría de la única manera en que sé cantar —dijo el señor Gato muy orgulloso y cantó—: "Miau, miau, miau, miau".

—¡Ay no, señor Gato! —dijo Martina—. ¡Sus maullidos me ponen las antenas de punta! Mejor no voy al baile con usted.

walked by. He couldn't take his eyes off the beautiful little roach. He stopped right in front of her garden and said, "Martina, what have you done to yourself? You look so elegant! And you're very pretty."

"Well, maybe it's my new hat," Martina replied shyly.

"It looks very good on you," Señor Dog said. "Would you like to go to the dance with me tonight?"

"Hmmm . . . let me think about it," Martina answered somewhat nervously, eyeing his enormous dog teeth. "How would you sing to me while we dance?"

"I'd sing, 'Bow, wow, wow,'" the dog replied joyously.

"Aha," said Martina. "I couldn't dance to that. I'd be so nervous I would trip over my own feet at every step."

And the dog went home feeling quite upset.

A few minutes after the dog left, Señor Rooster strutted by Martina's house. Seeing her sitting all alone in her garden, he came up to her and said, "How are you, my dear Martina? You look so beautiful today. Is that a new hat you're wearing?"

Martina blushed. "Yes, Señor Rooster, I just bought it," she answered timidly.

"Martina, would you like to go to the dance with me

Al oír eso, el señor Gato se fue muy triste de no haber conseguido conquistar a la cucarachita bonita.

Al rato pasaba otro vecino, el señor Perro, quien no pudo dejar de notar lo guapa que estaba la cucarachita. Entonces se detuvo frente a su jardín.

—Pero Martina —dijo el señor Perro—, ¡qué elegante te ves! ¿Que te has hecho? Estás muy bonita.

—Pues quizás sea mi sombrero nuevo . . . —respondió Martina tímidamente.

—Se te ve muy bien —siguió el señor Perro—. ¿Te gustaría ir al baile conmigo esta noche?

—Mmm . . . déjeme pensar . . . —respondió Martina observando, algo nerviosa, los enormes dientes del perro—. ¿Cómo me cantaría usted cuando estemos en el baile?

—¡Te cantaría "Guau, guau, guau"! —contestó alegre el perro.

—Ah . . . ¡Pues así no se puede bailar! —dijo Martina—. Con tanto escándalo me tropezaría a cada paso.

Y el perro se fue a su casa muy decepcionado.

Unos instantes después de que el perro se fuera, pasó por enfrente de la casa de Martina el señor Gallo.

tonight? It would be a great honor to go with such a beautiful little roach."

"Well, I don't know," Martina said, smiling. "How would you sing to me while we dance?"

Señor Rooster was very proud of his impressive voice. "Cock-a-doodle-doo!" he answered. "That's how I sing. Wherever I go, everyone recognizes my voice."

But Martina got off her chair and hid behind it. The rooster realized that he had frightened the little roach with his loud song.

"I don't think so, Señor Rooster," Martina answered, her legs shaking. "Your voice is so strong it would make me deaf."

The rooster sadly continued on his way.

A few more hours passed and the sun had just set when Pérez the Mouse came by. Martina was excited to see him and he was happy to see her and how pretty she looked. He went right up to her and said, "Martina! What a lovely hat! You're the most beautiful roach I know. Tonight you are more beautiful than ever!"

Martina could barely contain her joy when she heard those words. She had always liked Pérez the Mouse and

Viéndola tan sola sentada en su jardín se acercó.

—¿Cómo estás, mi querida Martina? —dijo el señor Gallo—. ¡Qué hermosa te ves hoy! ¿Acaso es nuevo ese sombrero que llevas?

—Pues sí, señor Gallo —respondió Martina, sonrojándose—, lo acabo de comprar . . .

—Dime, Martina —preguntó el señor Gallo—, ¿quieres ir al baile conmigo esta noche? Sería un gran honor ir con una cucarachita tan bonita.

—Pues no sé . . . —respondió Martina muy coqueta—. Dígame usted: ¿cómo me cantaría esta noche mientras bailamos?

Muy orgulloso de su impresionante voz, el señor Gallo contestó:

—"¡Quiquiriquí!" Porque así es como canto yo, y por donde sea que vaya, todo el mundo me reconoce.

La cucarachita saltó de su silla y se escondió detrás de ella. El gallo se dio cuenta de que había asustado a la cucarachita con su estruendo,

—Mejor no, señor Gallo —respondió Martina con las piernas temblorosas—. Con esa voz suya tan fuerte, me dejaría sorda.

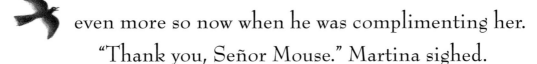 even more so now when he was complimenting her.

"Thank you, Señor Mouse." Martina sighed.

"Did you hear there's a dance in town tonight? Would you like to go with me?" the mouse asked.

"Let me think about it," Martina answered happily. "But tell me, Señor Mouse, how would you sing to me?"

Pérez the Mouse knew Martina quite well. "Wee-wee-wee-wee," he answered her in his softest voice. "I would sing to you like this all night long."

"Oh, how romantic!" Martina exclaimed, happy as could be. "What a sweet voice. Such elegance! It would be my greatest pleasure to go to the dance with you tonight."

And the happy mouse went back home to change clothes so he would be as handsome as Martina was pretty.

That night Pérez the Mouse and Martina the Cockroach had a wonderful time together. They danced and danced until they couldn't stand up anymore. And from that day on, the mouse stopped by to visit the little roach every day and brought her a huge bouquet of flowers. They would spend the whole afternoon talking and telling each other stories until they eventually fell in

El Gallo siguió su camino muy triste.

Pasaron unas horas y la noche ya comenzaba a caer cuando pasó el Ratón Pérez. Martina se emocionó al verlo y el ratón también se alegró de verla a ella tan bonita. Se acercó a Martina.

—¡Martina! —dijo el Ratón Pérez—. Eres la cucaracha más hermosa que conozco y hoy estás más bella que nunca. ¡Qué sombrero más bonito llevas puesto!

Martina no pudo contener su emoción al oír estas palabras. Siempre le había gustado el Ratón Pérez y aún más cuando le lanzaba piropos.

—Muchas gracias, señor Ratón —suspiró Martina.

—Sabes que esta noche hay baile en el pueblo, ¿te gustaría ir conmigo? —preguntó el Ratón.

—Déjeme pensarlo —respondió Martina encantada, pero haciéndose la difícil—. Dígame señor Ratón, ¿cómo me cantaría usted?

Entonces el Ratón Pérez que conocía muy bien a la cucarachita Martina, se esforzó por responderle en la voz más suave que pudo hacer.

—"Iiiiiiii iiiii iiiiiii . . ." —cantó el ratón y luego le dijo—: Así te cantaría toda la noche.

love and decided to get married. They threw a huge party, inviting everyone from the town—and that is how Pérez the Mouse and Martina the Cockroach lived the rest of their days together, dancing to the beautiful sound of the little mouse's voice.

The story of Martina the Cockroach and Pérez the Mouse is perhaps one of the best-known stories in all of Latin America. So naturally, there are several versions in which the main characters are switched—sometimes it's an ant, other times it's a roach or a mouse. But we know that the most popular version of the story comes from the Caribbean, from Cuba and Puerto Rico in particular.

—¡Ay qué romántico! —exclamó Martina más feliz que nunca—. ¡Qué dulzura! ¡Qué elegancia! Sería para mí un inmenso placer ir al baile con usted esta noche.

Y el ratón encantado se fue a su casa a cambiarse para verse bien guapo para la señorita Martina.

Aquella noche el Ratón Pérez y Martina bailaron hasta el cansancio y se divirtieron muchísimo. A partir de ese día, el ratón pasó a ver a la cucarachita todos los días, y todos los días le traía un enorme ramo de flores. Pasaban la tarde hablando y contando historias hasta que se enamoraron y decidieron casarse. Hicieron una fiesta a la que vino todo el pueblo y así fue que el Ratón Pérez y la cucaracha Martina vivieron juntos por el resto de sus días juntitos, bailando al son del dulce cantar del ratoncito.

La historia del Ratón Pérez y la cucaracha Martina es quizás una de las más conocidas en toda Latinoamérica. Existen por supuesto varias versiones, muchas de las cuales varían el personaje principal, que puede ser a veces una hormiga, una cucaracha o una rata, pero lo que sí es seguro es que las variantes más populares de este cuento nos vienen del Caribe, en particular de Cuba y Puerto Rico.

The Flower of Lirolay

Once upon a time, in a far-off place, a king lived with his wife and three sons. The king had always been kind and generous, but now he was very sad because a few years earlier he had begun to lose his sight and was now blind.

La flor de lirolay

Había una vez, hace muchos, muchos años y en un lugar muy lejano, un rey que vivía con su esposa y sus tres hijos. El rey había sido muy justo y bondadoso, pero estaba muy triste porque años atrás había comenzado a perder la vista hasta quedar

For many months, hundreds of doctors and wise men had come to the palace to cure him of his blindness with all kinds of potions and remedies. Nothing seemed to work.

One day, an old man arrived; he spoke to the king of the amazing powers of a magical flower known as the flower of lirolay.

"It grows only on the mountaintops at the spot where the sun rises, and it flowers only at midnight," he explained. "Your Majesty, the lirolay is a difficult flower to find, since it can only be seen by people who are generous of heart and spirit."

Encouraged by the wise man's words, the king called his three sons to him. He asked each of them to look for the marvelous flower, promising the crown to whoever found it. The three brothers immediately agreed to look for it and set off on their mission.

They crossed rivers and climbed mountains. They passed huge plains. Finally they were able to see in the distance the mountains the old man had described. The road before them forked in three directions, so each brother decided to take a different path.

completamente ciego.

Durante meses y meses visitaron el palacio cientos de sabios y médicos intentando curarlo de su ceguera con todo tipo de pociones y remedios, pero nada parecía funcionar.

Un día apareció un anciano que le habló al rey de los poderes extraordinarios de una flor mágica llamada la flor de lirolay.

—Es una flor que crece en lo más alto de las montañas por donde sale el sol y florece únicamente a la medianoche —explicó el anciano—. Pero sepa, su Majestad, que es una flor muy difícil de encontrar pues sólo la ven quienes son generosos de espíritu y corazón.

Animado por las palabras del anciano, el rey mandó a llamar a sus tres hijos y les pidió que buscaran la maravillosa flor, prometiéndoles que el que la encontrara heredaría la corona. Los tres hermanos aceptaron de inmediato y partieron en su misión.

Cruzaron ríos, escalaron montañas y atravesaron inmensas praderas hasta que al fin distinguieron en la distancia las montañas de las que había hablado el anciano. Allí encontraron que el camino se dividía en

The eldest, who was always unkind, took the path to the left, which led to a land known as Jujuy. He asked everyone he met there if they knew where to find the flower of lirolay. No one seemed to know where it grew—and the mean, humorless tone in which he spoke to them didn't really help matters.

After wandering about for several months, the young prince gave up and decided to return to the spot where he had separated from his brothers.

The second brother, who was always in a bad mood, took the middle path and came to a land known as Tucumán. He asked a lot of people if they knew where to find the flower of lirolay. He became increasingly angry since no one he met knew where it grew. After a while he, too, grew tired of looking and decided to return.

The youngest brother took the path to the right and came to a land known as Salta. He also asked everyone for the magical flower, but, unlike his mean and arrogant brothers, he told everyone he met about his father's illness and his great desire to find the flower that would cure his blindness. Since he was so polite and earnest, the people of Salta showed him how to reach the spot where

tres, por lo que decidieron separarse.

El hermano mayor, que siempre había sido muy antipático, tomó el camino de la izquierda y llegó a un país llamado Jujuy. Allí le preguntó a todo el que se cruzó en su camino por la flor de lirolay pero nadie le decía donde encontrarla, pues con su tono duro y serio no caía en gracia a la gente que conocía. Después de vagar por la región durante meses, el joven príncipe perdió esperanzas y decidió regresar al lugar donde se había separado de sus hermanos.

El segundo hermano, que era el más malhumorado de los tres, tomó el camino del medio y llegó a una tierra llamada Tucumán. Preguntó en todos lados por la flor de lirolay, poniéndose cada vez más furioso con las personas con las que se cruzaba, pues nadie le decía dónde se hallaba. Después de un tiempo se cansó de intentar y decidió regresarse.

El hermano menor tomó el camino de la derecha y llegó a un lugar llamado Salta. Él también preguntó en todos lados por la flor de lirolay, pero a diferencia de sus hermanos pretenciosos y poco corteses, él le contaba a todo el que se cruzara por su camino la historia de su

the beautiful lirolay flower grew.

With his heart full of hope, the young prince followed the path into the mountains. Even though he knew where to go, finding the flower was more difficult than he had imagined. Along the way he had to cross forests full of ghastly vines that entangled his legs, raging rivers that suddenly became extremely deep, and even forests inhabited by gnomes that tried to trip or scare him each step of the way.

Finally, after several days and nights of traveling without rest, he reached the place where the flower of lirolay grew. He waited until it blossomed at midnight and took it in his hands, amazed by its beauty. Happily, he embarked on the path back to the palace.

When the young man finally reached the fork in the road holding the powerful flower, the two older princes became quite jealous that their younger brother was going to inherit the crown.

The three princes took the road back to the palace. The young prince was especially happy because of the good news he was bringing his father. He wouldn't take his eyes off the flower, nor did he stop caring for it, which

padre, su enfermedad y la necesidad tan grande que tenía de encontrar aquella flor para curarlo de su ceguera. Como era tan amable y su preocupación era sincera, la gente del pueblo le fue dando indicaciones para llegar al lugar donde se encontraba la bella flor.

Así fue que con el corazón lleno de esperanza, el joven príncipe siguió su camino por la montaña. Pero aunque sabía adónde debía ir, hallar la flor fue más difícil de lo que se había imaginado. En su camino tuvo que atravesar selvas de enredaderas feroces que se le enroscaban en las piernas, ríos furiosos cuyos caudales crecían a varios metros de altura y bosques poblados de duendes y espíritus malignos que intentaban agarrarle los pies y asustarlo a cada paso.

Finalmente, después de varios días y noches de andar sin descanso, llegó al lugar donde crecía la flor de lirolay. Esperó a que fuera medianoche para verla florecer y la tomó en sus manos maravillado por su belleza. Feliz, emprendió el camino de regreso al palacio.

Cuando por fin el joven llegó al encuentro de sus dos hermanos con la extraordinaria flor en mano, los dos príncipes mayores se sintieron celosos de que fuera su

only made his two brothers angrier and angrier. One night, while the young prince slept, his two brothers bound his hands and feet and buried him in a deep hole in the ground. They took the flower back to the palace and announced to their father that they had found the lirolay, but that their youngest brother had died in its pursuit.

The king was thrilled to regain his sight, but he couldn't conceal the sadness he felt for having lost a son. He knew that the youngest was the kindest and most generous of the three and the king had always felt that he would make a very good king.

Time passed. One day a shepherd from the region found a tree growing at the precise spot where the two princes had buried their brother; he decided to chop down the tree to make himself a flute. Imagine his surprise when he began to play the instrument and heard a soft voice singing:

> Don't play me, little shepherd,
> Or play me day after day;
> My brothers killed me
> Just to steal the lirolay.

hermano menor quien heredara la corona.

Los tres príncipes emprendieron el camino de regreso al palacio, el más joven muy contento por la buena noticia que le llevaba a su padre. No dejaba de mirar y cuidar la flor, lo que no hacía sino enfurecer más a sus hermanos. El camino de regreso era largo, y una noche, mientras el joven príncipe descansaba, sus dos hermanos le ataron los pies y las manos y lo enterraron en un gran hoyo en la tierra. Enseguida tomaron la flor y regresaron al palacio donde le anunciaron a su padre que habían encontrado la flor de lirolay, pero que su hermano menor había muerto buscándola.

El rey se alegró al recobrar la vista, pero no pudo ocultar la tristeza que sentía por la pérdida de su hijo. Sabía que era el más generoso y amable de los tres, y siempre había pensado que llegaría a ser un muy buen rey.

Pasó el tiempo hasta que un día, un pastor de la región vio un árbol que había crecido en el lugar donde los príncipes habían enterrado a su hermano y decidió talarlo para hacerse una flauta. Cual no fue su sorpresa cuando al comenzar a tocar el instrumento, oyó una vocecilla que le decía:

The shepherd knew the story of the blind king and his missing son. He brought the flute to the palace and asked to see the king. When he was with him, he gave the king the flute. As the king began to play, he heard the same soft voice that the little shepherd had heard the day before instead of music. This time, however, the lyrics were different:

> Don't play me, sweet father,
> Or play me day after day;
> My brothers killed me
> Just to steal the lirolay.

As soon as he heard his son's voice, the king became upset and ordered his other sons to be brought to him. He gave them the flute and asked them to play. This is what was heard:

> Don't play me, dear brothers,
> Or play me day after day;
> You were the ones to kill me
> Just to steal the lirolay.
> As soon as
> they heard their
> brother's voice,

No me toques pastorcito,

Ni me dejes de tocar;

Mis hermanos me mataron,

Por la flor de lirolay.

El pastor, que había oído la historia del rey ciego
y su hijo desaparecido, tomó la flauta y se dirigió
inmediatamente al palacio. Cuando llegó allí, pidió ver al
rey y le tendió la flauta para que la hiciera sonar. En lugar
de música, el rey oyó la misma vocecilla que había oído el
pastorcito el día anterior. Sólo que esta vez decía:

No me toques, padre mío,

Ni me dejes de tocar,

Mis hermanos me mataron,

Por la flor de lirolay.

Al escuchar la voz de su hijo, el rey se conmovió
mucho y mandó llamar a sus otros dos hijos.
Entregándoles la flauta, les pidió que la hicieran sonar.
Entonces se escuchó:

No me toquen, mis hermanos,

Ni me dejen de tocar,

Porque ustedes me mataron,

Por la flor de lirolay.

the princes begged the king for forgiveness. Instead, the king ordered them to go with the shepherd to the spot where he had chopped down the tree. The two brothers dug a hole there and found the poor prince who, miraculously, was still breathing.

When they returned, the king laid the lirolay across his young son's forehead. The prince immediately sat up. He was so happy to see his father that he embraced him.

The young prince was crowned king that very day and became one of the kindest and most generous rulers of all time.

Always appearing in a slightly different form, this story is one of the most famous of all time. Though it can be found all over the world, this version originated in northern Argentina—this is why the three brothers visited the provinces of Jujuy, Tucumán, and Salta. In other versions, this story is called "The Flower of Lirola," "The Flower of Irolay," or "The Olive Grove Flower."

Al darse cuenta de que era su hermano, los príncipes le pidieron perdón al rey por lo que habían hecho, pero éste les ordenó que fueran con el pastor al lugar donde había cortado el árbol. Allí cavaron y encontraron al pobre príncipe, que milagrosamente, todavía respiraba.

Cuando regresaron, el padre le puso la flor de lirolay en la frente a su hijo menor, y de inmediato el joven príncipe recobró el sentido, se levantó y abrazó a su padre, feliz de verlo.

Así fue que ese mismo día, el joven príncipe fue coronado rey y se convirtió en uno de los gobernantes más generosos y bondadosos de todos los tiempos.

Esta es una de las historias más conocidas de todos los tiempos: ha cruzado los seis continentes cada vez con diferentes variantes. Esta versión es originaria de Argentina, y en particular del norte del país, donde los tres hermanos visitan las distintas regiones de Jujuy, Tucumán y Salta. En otras versiones se conoce como "La flor de lirolá", "la flor de irolay" o "la flor del olivar".

The King and the Riddle

Once upon a time, there was a good and humble shoemaker who lived in a house near the king's palace. The shoemaker had three beautiful daughters—María, Juana, and Rosita. Every day one of them would go out to water the basil that grew in their garden. ✈

El rey y la adivinanza

Había una vez un zapatero muy bueno y muy humilde que vivía en una casa cerca del palacio del rey. El zapatero tenía tres hermosas hijas que se llamaban María, Juana y Rosita, y todos los días una de las tres jóvenes salía a regar la maceta de albahaca que ✈

One day the king, who was a great lover of
riddles, went horseback riding. Just as he rode by the
shoemaker's house, he saw María, the eldest daughter,
watering the plant. The king was pleased to be able to ask
a riddle to such a gorgeous young woman. He asked,

Young girl, young girl
Watering the basil:
How many leaves does it have?

The young girl was startled to see the king. Ashamed
at not being able to answer him, she ran and hid inside
the house without saying a word.

The next day the king once more rode by the
shoemaker's house and saw Juana, the middle daughter,
watering the basil. The king asked her the same riddle.
But like María, Juana didn't know the answer and she ran
quickly into the house.

On the third day the king once more rode by the
shoemaker's house. This time he met Rosita, the youngest
and most beautiful of the three daughters. He asked her
the same riddle he had asked her two sisters. But Rosita,
who everyone said was quite clever, answered him without
hesitating,

tenían en el jardín.

Un día, el rey, que era un gran amante de las adivinanzas, salió a pasear en su caballo. Al pasar frente a la casa del zapatero vio a María, la hermana mayor, regando la maceta de albahaca. Encantado de encontrar una hermosa muchacha con quién jugar a las adivinanzas, el rey le dijo:

Niña, niña,

tú que riegas la maceta de albahaca,

¿cuántas hojas tiene la mata?

La joven miró al rey con sorpresa, y avergonzada por no saber qué responderle, se escondió en su casa sin decir palabra.

Al otro día, el rey regresó a la casa del zapatero y encontró a Juana, la segunda hermana, regando la maceta de albahaca. Al verla, el rey volvió a hacerle la misma pregunta que a su hermana mayor. Pero al igual que María, Juana no supo qué contestar y se metió corriendo a la casa pues no entendía por qué el rey le hacía esa pregunta.

Al tercer día, el rey volvió a pasar por enfrente de la casa del zapatero a la misma hora de siempre, y esta vez

Your Royal Majesty,

Please answer me first:

How many stars are in the sky?

The king was so startled by the girl's answer that he rode off without saying a word. He galloped all the way to the palace where he spent hours thinking of ways to answer the young woman's question.

A few days later, the king once more rode by the shoemaker's house, but this time he was disguised as a candy vendor. When the shoemaker's daughters called for him to come over and sell them some candy, the king surprised them by saying he would only trade the sweets for kisses.

The two older sisters grew indignant and ordered the merchant to leave at once. Rosita, however, didn't lose heart so easily, especially since she really liked sweets. She didn't hesitate to give the merchant a kiss for each piece of candy he had in his bag.

When the king got back to his palace, he changed his clothes and went back to the shoemaker's house at just the time the basil was being watered. When he reached the house, he saw Rosita once more and asked,

se encontró con Rosita, la menor y la más bonita de las tres hermanas. Al verla, el rey le hizo la misma pregunta que a sus dos hermanas. Pero Rosita, que se pasaba de astuta, le respondió sin dudar un instante:

Su Alteza Real,

dígame usted primero,

¿cuántas estrellas tiene el cielo?

El rey quedó tan sorprendido por la respuesta de la niña que se fue sin decir palabra. Galopó hasta el palacio donde se pasó horas pensando en cómo responderle a la hermosa joven.

Unos días despues, el rey volvió a pasar frente a la casa del zapatero, pero esta vez venía disfrazado de vendedor de dulces. Cuando las hijas del zapatero lo llamaron para comprarle algunos, él las sorprendió diciéndoles que sólo cambiaría sus dulces por besos.

Las dos hermanas mayores se indignaron y le ordenaron al vendedor que se fuera de inmediato. Rosita, sin embargo, que no se desalentaba así de fácil, sobre todo porque le gustaban mucho los caramelos, no tuvo reparos en darle al vendedor un beso por cada dulce que había en su bolso.

Young girl, young girl
Watering the basil:
How many leaves does it have?
She answered him,
Your Royal Majesty,
Please tell me first:
How many stars are in the sky?
This time, however, the king was prepared. He smiled slyly and asked,
Young girl, young girl,
Why don't you tell me:
How many kisses would you give for a piece of candy?
Rosita realized that the king had played a trick on her. She ran angrily into the house without saying another word.

Time passed, and soon the shoemaker's daughters heard that the king had grown very ill. Wise men had come from the four corners of the earth, but no one had managed to make him better.

Rosita decided this was the time for her revenge. She disguised herself as a doctor and went to the palace riding a donkey. When she was shown the king's quarters, she

Al regresar a su palacio, el rey se cambió de ropa y regresó a la casa del zapatero justo a la hora en que se regaba la maceta de albahaca. Al llegar frente a la casa se encontró de nuevo con Rosita y le preguntó:

Niña, niña

tú que riegas la maceta de albahaca,

¿cuántas hojas tiene la mata?

A lo cual ella respondió:

Su Alteza Real,

dígame usted primero,

¿cuántas estrellitas tiene el cielo?

Pero esta vez el rey tenía su respuesta preparada y le contestó con una sonrisa pícara:

Niña, niña,

y por qué no me dices,

¿cuántos besos darías por un dulce?

Furiosa al descubrir el truco que le había jugado el rey, Rosita se encerró en la casa sin decir palabra.

Pasaron los días, y pronto las hijas del zapatero se enteraron de que el rey se había puesto muy enfermo. Habían venido sabios de todos los rincones del país, pero nadie lograba curarlo.

told him that if he wanted to be cured, he would have to kiss the donkey's tail.

Since the king very much wanted to get better, he did exactly as Rosita told him to do. He kissed the donkey's tail. Incredibly, the king woke up the following morning feeling much better. Within just a few days, he was healthier and stronger than ever.

Soon he was able to get back on his horse. He rode by the shoemaker's humble abode and met Rosita there who, as always, was watering the basil. Pleased to see the clever young woman again, the king asked her,

Young girl, young girl,
Watering the basil:
How many leaves does it have?
To which she answered,
Your Royal Majesty,
Please tell me first:
How many stars are in the sky?
To which the king answered,
Young girl, young girl,
Why don't you tell me:
How many kisses would you give for a piece of candy?

Fue entonces que Rosita decidió planear su venganza. Se disfrazó de médico y fue al palacio tirando de su burro. Cuando la hicieron pasar a las habitaciones del rey, le anunció que para curarse, tendría que besarle la cola al burro.

Y como el rey deseaba tanto mejorarse, hizo exactamente lo que le había recomendado Rosita y le besó la cola al burro. Increíblemente, a la mañana siguiente, el rey amaneció mejor. Después de unos días estaba más sano y fuerte que nunca.

Al poco tiempo volvió a montar a caballo y a pasar por enfrente de la humilde casa del zapatero. Allí se encontró con Rosita que estaba, como siempre, regando la maceta de albahaca. Contento de volver a ver a la ingeniosa joven, el rey le preguntó:

Niña, niña,

tú que riegas la maceta de albahaca,

¿cuántas hojas tiene la mata?

A lo cual ella contestó:

Su Alteza Real,

dígame usted primero,

¿cuántas estrellas tiene el cielo?

To which she triumphantly answered,
Very clever, my King.
But why don't you tell me:
How many times did you kiss the donkey's tail?

The king realized he had been tricked by Rosita and angrily went back to his palace. But after thinking it over, he decided that a woman that clever should become his wife.

He had the shoemaker brought to him and said, "My dear shoemaker, I want to marry your youngest daughter and make her my queen. But there's just one condition: She has to come bathed and not bathed, combed and not combed, on horseback and not on horseback. If she fails to do this, I will not marry her and make her my queen."

The poor shoemaker went back to his house and told his daughters the king's commandment. While the two older daughters said that the king was cruel to play such a trick on them, the youngest daughter told her father that she knew exactly what to do.

Rosita had figured out how to go to the palace, meeting all of the king's requirements: One side of her was dirty, the other side clean; just one side of her hair was combed;

El rey respondió:

Niña, niña,

y por qué no me dices,

¿cuántos besos darías por un dulce?

A lo cual ella le contestó triunfante:

Muy listo, mi Rey,

pero cuénteme que me aburro,

¿cuántas veces besó la cola del burro?

Al darse cuenta de la jugada de Rosita, el rey regresó a su castillo, furioso. Pero después de pensarlo un poco, decidió que una mujer tan astuta tenía que convertirse en su esposa. Entonces hizo llamar al zapatero ante su presencia.

—Amigo zapatero —dijo el rey—, quiero casarme con su hija menor y convertirla en mi reina. Pero hay una sola condición: ella tendrá que venir bañada y no bañada; peinada y no peinada y a caballo y no a caballo. Y si no lo cumple, no me casaré con ella ni la convertiré en mi reina.

El pobre zapatero regresó a su casa muy triste y les contó a sus hijas de la orden que había dado el rey. Mientras que las dos hijas mayores se largaron a llorar

and she came riding on horseback with one foot in the stirrup and the other foot dragging on the ground.

As soon as the king saw her, he realized that she was as clever as she was beautiful and that she would make an excellent queen.

They married that very night and lived together happily ever after.

This story appears in hundreds of collections of Latin American folktales, but it actually originated in Spain. It comes from Andalusia, in the south, where the basil grows quite high, thanks to the abundance of sunlight. I've decided to include this story in the collection not only for its popularity, but also because it illustrates the important role that riddles play in our culture.

desesperadamente, la menor tranquilizó a su padre diciéndole que ella sabía exactamente qué hacer.

Y así fue cómo Rosita se las ingenió para llegar al palacio cumpliendo todas las órdenes del rey: iba con un lado de la cabeza peinado y el otro enmarañado, sucia de un lado y bien limpia del otro, montada a caballo, con un pie en un estribo y el otro arrastrándose por el suelo. Al verla llegar así, el rey se dio cuenta que ella era una muchacha tan astuta como era bella y que sería una excelente reina.

Esa misma noche se casaron, y colorín colorado este cuento se ha acabado.

Este cuento aparece en muchas antologías de cuentos tradicionales latinoamericanos y sin embargo nos viene directo de España. Su origen se halla en la región de Andalucía, en el sur del país, donde las matas de albahaca crecen gracias a la abundancia de sol. He decidido incluirlo en esta selección no sólo por su popularidad, sino porque ilustra el gran gusto que tenemos en nuestra cultura por las adivinanzas.

Pedro Urdemales and the Giant

Once upon a time, there was a very mischievous man named Pedro Urdemales. One day while Pedro was on a trip, the sun began to set while he was walking through the mountains. He looked around for shelter and found a cave where he could spend the night.

Pedro Urdemales y el gigante

Había una vez un hombre muy pícaro llamado Pedro Urdemales. El andaba de viaje un día cuando comenzó a bajar el sol por el solitario camino de montaña en que iba. Después de mucho buscar, Pedro encontró una cueva donde se refugió

Pedro slept on the cave floor and snored like a bear. When he woke up the following morning, he was surprised to find a huge giant eyeing him suspiciously.

"Who are you?" the giant asked. "And who has given you permission to sleep here?"

"My name is Pedro Urdemales," the young man answered scornfully. "I didn't ask anyone for permission to sleep here. I was tired and simply fell asleep. I don't think that's a crime."

"Aha! So you are the infamous Pedro Urdemales! Is it true that you're responsible for all the mischief that people talk about?"

"No way, Señor Giant! I'm just a peaceful and responsible young man minding his own business."

"Well, we'll have to see about that," the giant answered, intrigued. "I would like to invite you to spend a few days here. We can compete against each other, and whoever wins will receive one thousand pesos from the loser. What do you say?"

"Certainly!" answered Pedro, imagining the pleasure he'd get at the giant's expense.

Their first contest would take place the next day—the

para pasar la noche. Durmió acostado en el suelo roncando como un oso, pero cuál no fue su sorpresa cuando a la mañana siguiente se despertó y encontró a un enorme gigante mirándolo con desconfianza.

—¿Quién eres tú? —le preguntó el gigante—. ¿Y quién te ha dado permiso para dormir aquí?

—Me llamo Pedro Urdemales —respondió el joven con tono burlón—, y para dormir aquí no le pedí permiso a nadie. Yo sólo me cansé y me dormí, y en eso no hay delito alguno.

—¿Así que tú eres el famoso Pedro Urdemales? ¿Es cierto que has hecho todas las travesuras de las que se hablan por ahí?

—Para nada, señor Gigante, yo no soy más que un muchacho tranquilo y responsable que no molesta a nadie.

—¡Ja! Pues eso está por verse —respondió el gigante intrigado—. Te invito a quedarte aquí unos días para que hagamos unas apuestas. Por cada apuesta, el ganador recibirá mil pesos del perdedor. ¿Qué te parece?

—¡Encantado! —respondió Pedro pensando en lo mucho que se iba a divertir a costa de aquel gigante.

object was to see which of them could throw a rock farther.

That morning Pedro woke up very early. He went into the woods and captured a small gray bird, which he carefully hid in his pants pocket. When the giant woke up a few hours later, he went directly to the site of the contest.

"Good morning, young man," the giant said to Pedro. "Are you ready for your first loss?"

Pedro nodded and smiled. The giant picked a rock up from the ground and threw it so hard and so far that it took several minutes to land. Satisfied with his effort, the giant turned to Pedro and said: "Let's see if you can beat that!"

Very carefully Pedro took out the little gray bird he had captured in the woods. He pretended to bend down and pick up a rock and then he quickly flung the little bird into the air. Realizing that it was finally out of Pedro's pocket, the little bird flew so fast that it vanished from sight. The giant kept staring, waiting for the rock to fall. But when he saw that it wouldn't, he realized he had lost the bet.

La primera apuesta se hizo al día siguiente, y se trataba de ver cuál de los dos podía lanzar una piedra más lejos. Aquella mañana, Pedro se levantó muy temprano para preparar su trampa. Fue al bosque y cazó un pajarito gris que guardó cuidadosamente en el bolsillo de su pantalón. Cuando el gigante se despertó un par de horas más tarde, se dirigió tranquilamente al lugar de la apuesta.

—Buenos días, joven —dijo el gigante a Pedro—. ¿Estás listo para perder tu primera apuesta?

Sonriente, Pedro asintió. El gigante recogió del suelo una piedra que lanzó con tanta fuerza y tan lejos que se demoró varios minutos en caer.

—¡A ver si puedes superar eso! —dijo el gigante satisfecho.

Entonces con mucho cuidado, Pedro se sacó del bolsillo al pajarito gris que había cazado en el bosque, hizo como si fuera a recoger una piedra, y rápidamente lanzó al pajarito por los aires. Viéndose por fin libre del bolsillo de Pedro, el pajarito voló tan rápido que pronto se perdió de vista. El gigante sin embargo se quedó esperando a que la piedra cayera. Pero viendo que no caía

The giant gave Pedro one thousand pesos and took him to the site of the second bet. The contest was to see which of them was capable of making the deepest hole in a rock.

That afternoon, while the giant napped in his cave, Pedro chiseled a hole in a rock. The hole was so deep that Pedro could put his whole arm into it. Once he had finished, he covered the opening with a flat and very thin stone that was the perfect cover.

The following morning, Pedro and the giant went to the quarry. As usual, the giant was the first to go. He smashed a rock so hard that he drilled a fist-size hole into it.

The giant's hand hurt, but he was satisfied.

Pedro was no dummy. He approached the rock he had chiseled and smashed it precisely on the spot he had set up the day before. His arm went into the rock all the way to his shoulder.

Astonished, the giant glanced at Pedro. "You've won again, Pedro. I don't know how someone so small can be so strong," he added, paying Pedro another thousand pesos. "Tomorrow we'll see which of us can carry more firewood."

nunca, se vio forzado a declararse vencido ante la hazaña de Pedro Urdemales.

Después de pagarle sus mil pesos a Pedro, el gigante lo llevó al lugar de la siguiente apuesta: se trataba de ver cuál de los dos era capaz de abrir el hoyo más profundo en una roca.

Aquella tarde, mientras el gigante tomaba la siesta en su cueva, Pedro utilizó un cincel para abrir un hoyo en la roca. El hoyo quedó tan hondo que a Pedro le cabía todo el brazo en él. Una vez que terminó, disimuló la abertura tapándola con una piedra plana y muy delgada que se ajustaba perfectamente.

A la mañana siguiente, Pedro y el gigante salieron rumbo a la cantera donde estaban las rocas. Como siempre, el gigante fue el primero en hacer la prueba. Le dio un golpe tan fuerte a la roca que logró hacerle un hoyo del tamaño de su puño. Adolorido pero satisfecho, el gigante le dio el paso a Pedro para que tomara su turno.

Entonces Pedro, que no era ningún tonto, se acercó a la piedra y con toda su fuerza dio un puñetazo donde estaba el hoyo tapado que había preparado la tarde

The next day they went to the nearby forest. The giant began chopping down thick tree branches. He put them in a huge pile and tied them up with a cord. Then he put the load on his shoulders as if it weighed nothing and carried it to the entrance of the cave.

Pedro set off into the forest dragging one end of a very long rope. When he reached the forest, he tied the rope around the first tree he saw and wound it around all the trees.

The giant followed Pedro, watching every move he made. When he couldn't hold back any longer, he asked, "Pedro, what are you doing?"

"Well, what does it look like? I'm tying a rope around the forest. I'll carry it on my back and bring it into town where I will sell it as firewood. I'll become a millionaire!"

"Oh, no!" the giant exclaimed. "I give up. Take your thousand pesos and please leave me the trees. Otherwise, I won't have a way to keep warm this winter."

"Of course, Señor Giant, whatever you say," Pedro answered. "But what's our next bet?"

"The last bet is to see who can throw a spear the farthest. I'm sure that this time I'll win."

anterior, metiendo el brazo hasta el hombro dentro
de la roca.

El gigante miró asombrado a Pedro.

—Una vez más me ganaste, Pedro. No entiendo cómo
puedes ser tan pequeño y tan fuerte —dijo el gigante.
Entregándole los mil pesos del día, añadió—: Mañana
veremos quién de los dos puede cargar más leña.

Al día siguiente los dos hombres se dirigieron a un
bosque cercano y el gigante se puso a cortar algunas
gruesa ramas de árbol y a apilarlas en un montón enorme
que ató con una cuerda. Luego se echó el bulto al hombro
como si no pesara nada y lo cargó hasta la entrada de la
cueva.

Enseguida Pedro tomó un lazo muy largo y emprendió
su camino hacia el bosque tirándolo de una punta. Al
llegar al bosque, ató el primer árbol a la punta que llevaba
cogida y siguió rodeando todo el bosque. El gigante iba
detrás de Pedro para ver lo que estaba haciendo.

—Pero, Pedro —preguntó el gigante sin aguantar
más—, ¿qué estás haciendo?

—Pues, ¿que crees? —respondió Pedro—. Estoy
amarrando todo el bosque para echármelo a la espalda y

The next day the giant grabbed his spear and threw it so hard that it landed several miles away.

When it was his turn, Pedro asked the giant, "Excuse me. Where does your mother live?"

"Very far from here," the giant replied, "in Spain. Why do you ask?"

"I want this spear to fly through the air, cross the ocean, and bring her my regards." Without losing a moment, he grabbed the spear. As he was about to throw it, he began to chant,

Spear, spear, silver spear!
Fly all the way to Spain!
Find the giant's mother
And pierce her through the brain.

"Stop! Leave my mother out of this!" the giant answered. "Pedro, I give up. You won. Take the thousand pesos and get away from me, please."

And so Pedro Urdemales went happily on his way, pleased to have proven once again that he was the best mischief-maker in the world.

llevarlo hasta el pueblo donde pienso venderlo por leña. ¡Me haré millonario!

—¡Ay no, muchacho! —exclamó el gigante—. Me doy por vencido. Toma tus mil pesos y déjame los árboles, por favor, que no tendré leña con qué calentarme este invierno.

—Está bien, señor Gigante, como quiera usted —respondió Pedro—. Pero dígame, ¿cuál será la próxima apuesta?

—Mira, Pedro —respondió el gigante—, la última apuesta se tratará de ver quién es capaz de disparar una lanza más lejos. Esta vez estoy seguro que te ganaré.

Al otro día se encontraron en el lugar y a la hora acordada. El gigante tomó su lanza y la tiró con tanta fuerza que cayó a varios kilómetros de distancia.

Le llegó el turno a Pedro.

—Cuénteme, señor —dijo Pedro—, ¿dónde vive su madre?

—Muy lejos de aquí —dijo el Gigante— en España. ¿Por qué preguntas?

—Para que esta lanza vuele por los aires y por encima de los mares y le lleve mi saludo —respondió Pedro. Y

The story of Pedro Urdemales is as well-known as Pedro himself. Like so many Latin American tales, it originated in Spain, where the story first appeared sometime around the eighteenth century. His adventures were so popular that great writers like Juan del Encina, Lope de Rueda, and Miguel de Cervantes immortalized him in their writings. Pedro reached the New World with the Spaniards. In Chile he is known as Pedro Urdemales, in Argentina as Pedro Urdimale, in Brazil as Pedro Malasartes, and in Venezuela as Pedro Rimal. In time, Pedro has almost completely disappeared from Spanish memory, but he has become one of the most beloved rogues in Latin America.

sin perder un instante, cogió impulso para tirarla mientras decía—: ¡Lanza, lanza, vuela hasta España, y atraviésale la panza a la madre del gigante!

—¡Basta ya! —gritó el gigante—. Ni te atrevas a tocar a mi madre . . . Me rindo, Pedro, ganaste. Toma los mil pesos y, por favor, vete de aquí que no puedo más.

Y así fue como Pedro Urdemales siguió su camino feliz y contento de haber probado una vez más que es el más pícaro de todos los pícaros.

La historia de Pedro Urdemales es tan disparatada como el mismo Pedro. Como gran parte de la historia del continente americano, Pedro de Urdemales viene primero de España en donde apareció por primera vez alrededor del siglo XVIII. Su historia se hizo tan popular que grandes escritores como Juan del Encina, Lope de Rueda y Miguel de Cervantes lo inmortalizaron en sus páginas. Sin embargo, con la llegada a América de los españoles Pedro parece haber tomado rumbo también al Nuevo Mundo donde se instaló. Mientras en Chile se le conoce como Pedro Urdemales, en Argentina se le dice Pedro Urdimale, en Brasil se llama Pedro Malasartes y en Venezuela se conoce como Pedro Rimal. Con el tiempo Pedro ha desaparecido casi por completo del imaginario español para convertirse en uno de los burlones más queridos de nuestra Latinoamérica.